Nina

Erzählt und gemalt von
Gunilla Hansson

Aus dem Schwedischen
übersetzt
von Angelika Kutsch

Ravensburger Buchverlag

Heute ist Sonnabend.
Sonnabend muss Helena nicht zur Arbeit. Nina und die Katze Würstchen müssen nicht in den Kindergarten.
Alle drei haben frei und sie wollen ganz lange im Bett bleiben.

Aber da liest Helena in der Zeitung, wie man selber Brot backen kann.
Nina und Helena kriegen riesige Lust zu backen.

Selber backen macht Spaß und ist überhaupt nicht schwer. Helena macht große Wecken und lange Brote.

Nina macht Schnecken und Schraubenbrötchen und ganz, ganz kleine Brötchen für die Katze Würstchen.

„Jetzt wollen wir unser Brot mal angucken! Ja, was ist das denn? So sollte es aber nicht aussehen! Irgendetwas haben wir falsch gemacht."
„Das macht doch nichts."
Nina tröstet Helena. Sie hat eine Idee. „Dann backen wir eben einen Kuchen aus Backmischung. Das ist ganz leicht."

Nina kann prima Kuchen aus Backmischung backen.
Sie rührt tüchtig, damit der Teig Blasen schlägt.
Helena will Nina zeigen, wie man richtig rührt.
Aber Nina will nicht.
Sie kann das allein.

„Nein nein nein, ich will die
Schüssel haben!"
„Du spritzt die ganze Küche voll",
schimpft Helena.
„Lass meinen Teig in Ruhe!", brüllt
Nina. Sie zieht die Schüssel weg –
und da landet der Teig auf
Ninas Bauch.

„Für heute ist es genug",
sagt Helena böse.
Da wird Nina erst recht böse.
„Ich will aber helfen!", heult sie.
„Du kannst dein Zimmer
aufräumen und dich anziehen",
sagt Helena.

Aufräumen – niemals! Und anziehen will Nina sich auch nicht.
„Hallo Nina, komm raus, du darfst die Schüssel auslecken", ruft Helena.
Ninas Bauch fühlt sich leer an, aber sie denkt nicht daran, irgendwelche Schüsseln auszulecken.

Sie wird überhaupt nichts essen.
Vielleicht verhungert sie ja.
Dann werden sie aber weinen, Helena, alle im Kindergarten, Großvater ... Armer Großvater!
Nina muss ihn erst anrufen.

Nina kann Großvater schon ganz
allein anrufen.
Großvater freut sich.
„Nein, so was, bist du es, Nina?
Wie geht es dir?"
„Nicht besonders gut", piepst Nina.
„Ich habe Bauchweh und
Helena ist böse."

Jetzt ist Großvater besorgt.
„Geht es dir sehr schlecht?"
„Ja, ich glaube, ich habe Fieber.
Mein Kopf ist ganz warm", sagt Nina
mit schwacher Stimme.
„Nina, redest du mit Großvater?",
ruft Helena.

Sie nimmt den Hörer. „Nina ist gar nicht krank", sagt sie, „wir haben uns beim Backen verkracht."
„Ach, so ist das. Aber vielleicht will Nina mit mir spazieren gehen?", fragt Großvater. Und das will Nina. Sie hüpft neben Großvater her und redet. Sie erzählt Großvater alles, was passiert ist, Lustiges und Schreckliches. Großvater versucht, Nina zu verstehen. Aber der Verkehr ist zu laut.

„Lass uns durch den Park gehen", sagt Großvater. „Und hinterher gehen wir in die Konditorei."

Den Vorschlag findet Nina gut. Aber auf dem Weg zum Park kommen sie an einem Spielzeugladen vorbei ...

„Großvater, weißt du eigentlich, dass ich Geburtstag gehabt habe?", sagt Nina.
„Ja natürlich, das war doch im Sommer", sagt Großvater.
„Weißt du auch, dass du meinen Geburtstag vergessen hast, Großvater?"
„Also hör mal! Ich hab dir doch eine Karte und Geld geschickt", sagt Großvater.
Daran kann Nina sich aber gar nicht erinnern. „Ich weiß was! Dafür schenkst du mir heute etwas!"

Brummend geht Großvater mit Nina in den Spielzeugladen. Seifenblasen machen ist lustig, findet Großvater, und Puzzle mag er auch.

Aber Nina kann sich nicht entscheiden. Sie schaut alles ganz lange und genau an, denn sie will das Richtige aussuchen.

Himmel, was soll sie nur nehmen?
Sie braucht ja fast alles.
Endlich weiß sie, was sie will.

„Großvater, am dringendsten
brauche ich einen Herd."
Sie zeigt auf einen Herd.

„Der ist genau richtig", sagt der
Verkäufer.
„Guck mal, Großvater", ruft Nina,
„der ist genau richtig für mich!"
„Aber Nina-Kind, der ist doch
viel zu teuer", sagt Großvater.
„Kannst du dir nicht was
Billigeres wünschen?"
Nina macht die Augen zu und
versucht, sich was Billigeres zu
wünschen – aber es geht nicht.
Heimlich zählt Großvater sein
Geld. Dann bezahlt er seufzend
den Herd. Einen Schneebesen
kriegt Nina umsonst dazu.

"Hast du jetzt gar kein Geld mehr?", fragt Nina auf der Straße.
"Doch, ein bisschen. Aber in die Konditorei müssen wir ein andermal gehen", sagt Großvater.

"Wir können ja bei dir zu Hause Kaffee trinken", sagt Nina.
"Ja, das ist wohl das beste. Ich habe aber nur Zwieback im Haus", sagt Großvater.
"Das macht doch nichts, ich kann ja backen", sagt Nina.

„Ich setz schon mal das Kaffeewasser auf", sagt Großvater, als sie bei ihm zu Hause sind.
„Du bist der beste Großvater der Welt! Deswegen backe ich dir jetzt einen Kuchen", sagt Nina.

„Es ist alles fertig!", ruft Nina.
„Ich freu mich schon auf selbst gebackenen Kuchen zum Kaffee", sagt Großvater.

„Aber das ist doch nur ein Spielzeugherd", sagt Nina.
„Ach so", sagt Großvater ein bisschen enttäuscht.

„Wo ist denn der Herd geblieben?", fragt Großvater.
„Ich nehme ihn jetzt als Tisch", sagt Nina.
Großvater guckt unter das Tuch.

Er erkennt den Herd gar nicht richtig wieder.
„Ich bin müde", sagt Großvater plötzlich und steht auf. „Ich muss mich ein bisschen ausruhen."

Plötzlich findet Nina den Herd ganz blöd. Sie hat keine Lust mehr, mit ihm zu spielen.
Großvater ruht. Ob er sich freut, wenn sie ihm seine Zeitung bringt?

Aber Großvater will nicht lesen.
Er will nur daliegen und nachdenken und gegen die Decke gucken.

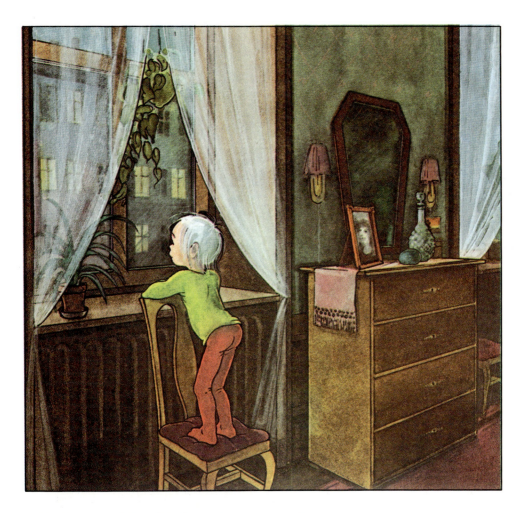

Wie langweilig! Und es ist nichts da,
womit Nina spielen könnte.
Großvater will ja bloß immer schlafen.
Nina mag nicht mehr bleiben.
Sie will lieber wieder zu Helena.
Jawohl, sie und Würstchen gehen
sofort nach Hause!
Die KATZE WÜRSTCHEN! Nina kriegt
einen Schrecken. Wo ist sie? Ist sie
etwa im Spielzeugladen geblieben?
Nein! Das wäre ja schrecklich! Nina
muss sie suchen. Würstchen hat sich
bestimmt nur versteckt.

Nina läuft herum und sucht. Sie findet keine Katze. Aber sie findet ein Bild. Das ist ja Ninas Großmutter. Sie sieht fröhlich aus, obwohl sie tot ist. Nina erinnert sich ein bisschen an Großmutter.

Großmutter war lieb. Sie hat Nina immer Bonbons geschenkt, die sie in der obersten Kommodenschublade verwahrte. Ob da wohl noch welche liegen?
Nein, keine Bonbons. Aber guck mal! Wer sitzt denn da in dem kleinen Korb? Die Katze Würstchen.

Was für ein Riesenglück!
„Armes kleines Würstchen, bist du sehr allein gewesen?"

Würstchen entdeckt sofort den Herd und wird neugierig. Es möchte in den Backofen kriechen und gucken. Es glaubt wohl, dass der Herd ein Haus ist, in dem man wohnen kann.

Würstchen möchte ein Bett aus Baumwolle haben. Es braucht einen Kasten, in dem es Pipi machen kann. Und dann muss es natürlich was zu essen haben.

Nina guckt in Großvaters Schränke. Er hat nicht viel Katzenfutter. Aber Nina findet ein bisschen Brot und Milch, Zuckerstücke und Hafergrütze. Rosinen sind auch da und die mag Würstchen.

Würstchen isst und schläft, macht Pipi
und springt wie verrückt herum.
Raus und rein in sein neues Haus.
Nina holt noch mehr Sachen
für Würstchen. Sie spielt und spielt ...
Da klingelt das Telefon.

Nina hebt ab. „Hallo, Helena! Ich habe ein prima Haus gebaut für meine Katze Würstchen. Großvater? Doch, der ist auch da. Er schläft. Nein, warte! Jetzt ist er wach geworden."

„Nina, hast du meine Pantoffeln gesehen?", ruft Großvater.

„Ich glaube, ich bleibe bei dir und esse mit dir, Großvater!", ruft Nina.

„Wenn du willst, gerne!", sagt Großvater.

„Großvater möchte, dass ich bei ihm bleibe", sagt Nina ins Telefon.

„Wenn er das möchte ... Wie lange bleibst du?", fragt Helena.

„Nur diese Nacht. Dann komme ich zu dir nach Hause."

„Fein! Dann sehen wir uns also morgen", sagt Helena.
„Ja, ich muss jetzt gehen. Tschüss und Küsschen!"
„Oje, ist es schon so spät?", sagt Großvater. „Nina, wir müssen uns ums Essen kümmern."

Jetzt entdeckt Großvater Würstchens Haus. „So was Feines hab ich noch nie gesehen! Hast du das gebaut, Nina?"
„Ja, aber jetzt müssen wir kochen. Was wollen wir essen, Großvater?"
„Was hältst du von Fleischklößchen?"
„Die kann ich prima", sagt Nina.

„Man nimmt ... ein bisschen Wasser und schüttet Semmelbrösel hinein, mischt Hackfleisch mit einem Ei und einer

gekochten Kartoffel, und dann braucht man noch ein bisschen Milch, Salz und Pfeffer. Mit dem Löffel sticht man Häufchen ab und die rollt man zu kleinen Bällchen. Siehst du?"
„Ich wusste gar nicht, dass du so toll Fleischklößchen rollen kannst", sagt Großvater.

„Man muss die Pfanne immerzu schütteln, sodass die Fleischklößchen darin hüpfen. Sie dürfen nicht schwarz werden. Sie müssen rundherum schön braun sein", sagt Nina. Großvater darf die Spaghetti kochen. Ist jetzt alles fertig? Großvater probiert ein Fleischklößchen. Es schmeckt ausgezeichnet. Nina probiert die Spaghetti. Ja, sie sind genau richtig.

Jetzt muss Nina den Tisch decken. „Ich nehme deine besten Teller mit den Blumen drauf und die großen Gläser." „Tu das", sagt Großvater, „aber sei vorsichtig." Nina ist sehr, sehr vorsichtig.

Nina und Großvater haben einen Riesenhunger. Sie tragen das Essen in die gute Stube.
Nina will bei Kerzenlicht essen. Aber Großvater braucht das Lampenlicht, damit er sieht, was er isst.
Die Katze Würstchen bekommt Spaghetti-Fleischklößchen-Milch-Brei auf einen Teller.

„Gar nicht schlecht, unser Essen", sagt Großvater. „Das haben wir gut gemacht, du und ich."

„Ich kann ja öfter zu dir kommen und für dich kochen", sagt Nina.
„Prima", sagt Großvater. „Abgemacht?"

Die Deutsche Bibliothek –
CIP-Einheitsaufnahme

Hansson, Gunilla:
Nina / erzählt und gemalt von Gunilla
Hansson. Aus dem Schwed. übers.
von Angelika Kutsch. – Ravensburg :
Ravensburger Buchverl., 1997
Einheitssacht.: Nu ska hör bli andra
bullar! <dt.>
ISBN 3-473-33381-6 Pp.

Die Schreibweise entspricht den Regeln
der neuen Rechtschreibung.

3 2 1   99 98 97

Lizenzausgabe mit Genehmigung des
Bokförlaget Cikada AB, Gävle
© Gunilla Hansson och
Boförlaget Cikada AB 1980
Titel der Originalausgabe:
Nu ska här bli andra bullar!
© 1981, 1997 Ravensburger Buchverlag
für die deutsche Ausgabe
Übersetzung: Angelika Kutsch
Redaktion: Karin Amann
Printed in Germany
ISBN 3-473-33381-6

Nach dem Essen sind Nina und die
Katze Würstchen sehr müde.
Großvater kann sich auch nicht wach
halten. Jetzt schlafen alle drei.
Sie hören die Stimme im Fernseh-
apparat nicht mehr, die sagt: „Damit ist
unser Programm für heute beendet.
Gute Nacht!"